彭 青 天

根据民间传说改编

编文　艾菲

绘画　夏葆元

上海人民美术出版社

他是一只灵猩

陈丹青

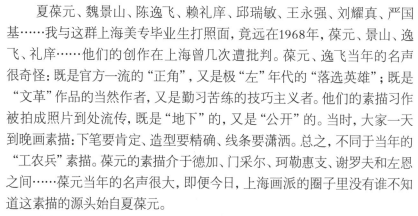

夏葆元、魏景山、陈逸飞、赖礼庠、邱瑞敏、王永强、刘耀真、严国基……我与这群上海美专毕业生打照面，竟远在1968年，葆元、景山、逸飞、礼庠……他们的创作在上海曾几次遭批判。葆元、逸飞当年的名声很奇怪：既是官方一流的"正角"，又是极"左"年代的"落选英雄"；既是"文革"作品的当然作者，又是勤习苦练的技巧主义者。他们的素描习作被拍成照片到处流传，既是"地下"的，又是"公开"的。当时，大家一天到晚画素描：下笔要肯定、造型要精确、线条要潇洒。总之，不同于当年的"工农兵"素描。葆元的素描介于德加、门采尔、珂勒惠支、谢罗夫和左恩之间……葆元当年的名声很大，即便今日，上海画派的圈子里没有谁不知道这素描的源头始自夏葆元。

多年后我在中国的南方和北方，乃至新疆、西藏的青年画家那里意外发现葆元模糊不堪的素描黑白照片，那些照片显然被几度翻印，传看再三、临摹再三。当我北上就学，中央美院刚复出任教的林岗、靳尚谊与朱乃正等老师都曾向我说起葆元兄：如今堆在书店里的素描范本也叫做素描么？为什么就没有上海美专两代师生的素描集？为什么没有一本个人素描集，作者名叫夏葆元？

……游荡江湖岁月荒荒，葆元的信寄到了，有一封曾使我十分地感动，他在末尾写道："请不要因为我的夸奖而骄傲起来。"葆元的素描画是一种沉默的方式，无所谓基础训练，无所谓素材累积，不过是才气与"白

"灵猩"夏葆元（上世纪70年代末）

相"。那天我们从西方比到东方，从此人说到彼人，在马路上骑着自行车大谈怎样才是好素描，逸飞忽然说："我们所有人其实都在学夏葆元。"葆元的笔性：敏锐、轻巧、洗练和斯文。这些素描成为"文革"那个年代颇具意味的作品；同时，葆元固执而悉心地、在没有任何西方氛围的年代，追求西方素描的文气与正脉，实为难能可贵。列宾在初见谢罗夫作品时叹道：我们是犬类，他是一只灵猩。葆元的炭笔素描总使我念及列宾的比喻。这次葆元寻回的素描只是当年的数十分之一。

除了俄罗斯的列宾与谢罗夫兼而有之的影响，他的趣味还延伸至欧美。他着迷于轮廓线的精准、肯定、优雅和帅气，不理会北方素描刻意强调的体积与结构；他的素描全都散发着"忧郁"的特点，与当时的美学观点有异，而"文革"素描中的工农兵形象从未能像他那般，被画得极度肖似、传神、真切。这些珍贵的写生作品留下了20世纪70年代上海人内在的风格特质，即便是彝民或者陕西老汉，也染上了葆元的目光：上海的以及由于上海而竟仿佛是"西洋的"目光……

在物质与精神极度匮乏的年代，我得以亲见这些作品，并因此鄙薄"文革"的素描。那些年，我一再被几位美术界"革命长者"规劝、教训、警告：勿学上海素描表面华丽的技巧。我知道他们指的是谁。记得每次默然听训，还不得顶嘴，但我心里充满着年轻人的不屑与狂妄。是的，旭东、韩辛和我以及当时的青年画友，差不多都看不起流行的绘画：因为我们在上海滩，因为上海有葆元与景山。

不能忘怀——但愿我并不为葆元的私谊而夸张记忆。日后我不再忠实地仿效他，因无法仿效的是他的才气，可是谁不曾追慕过值得仿效的人物呢？

乡村男孩（炭笔素描）

（摘自陈丹青文集《退步集》及《自我的纪念》）

关于彭青天

上世纪70年代末（大约1978年五六月间），我接到北京《连环画报》社的吴兆修编辑以传呼电话的紧急呼喊，几小时后在九江路一家简陋的小旅馆内我们见了面——此处为当年京城的该社编辑们（无论级别）凡到上海出差时的固定落脚之地。日后得知，在京的美术出版机构何来那么多上海口音和宁波口音，均是因为早在五六十年代，由于上海人民美术出版社人才济济，便匀出部分力量北上支援，以建设连环画这一领域。这批北上实力派，动辄便想到故地走一遭，他们的手头凡有吃分量的篇章总不忘到上海来组稿。吴兆修女士便是当中的一员。她此次来沪，交给我一个有关彭德怀元帅的故事脚本，共22幅；"脚本之所以编得短是因为匆忙，"她用上海话对我反复叮咛，"你务必加快！希望在一礼拜之内完成，争取10天左右寄到北总布胡同32号来（人民美术出版社所在地）。"吴编辑的托付，一是对本人的创作速度、同时也对当年普通邮政服务的可靠、准时满怀信心。

我于浏览脚本时，忽然领悟到吴编辑催稿的理由：1978年，正是我国上演的十年"苦情戏"才落幕的第二年，文化出版界急于拨乱反正，急于编出几幕正剧、几场"包公戏"以抚慰读者民心，哪怕是几段"折子戏"也可以。

众所周知，1959年的庐山会议，原是党内用以自省、纠偏、总结经验的会议，这是由于那时以赫鲁晓夫为首、被毛泽东主席定名的"反华大合唱"所致。会议检讨了早一年"大跃进"等左倾路线，但由于彭德怀元帅去湖南老家的一次"私行察访"左倾灾情，并于事后撰写的"调查报告"，用《意见书》的名分上书党中央，因而在庐山会议上被作为反面教材散发。文章后来被正式定为《万言书》，并加上"反动的"和"向我党进攻"的双料定语，会议即从"纠左"转向"反右"，彭德怀同志也遭到不公正的批判，从共和国元帅沦为"反党军事俱乐部"成员。

《彭青天》的故事说的正是中共党史上的这场公案，以及那份肇祸的《意见书》被"炮制"（"文革"用语）出来的前因后果。

现在想来，我当年的创作因囿于种种原因而未能尽兴，特别是受各项资料所限，仅以几本过期的《人民画报》里的图片去拼凑，发挥空间十分狭窄。还记得篇头第一幅，表现一名记者去湖南实地采访，听老农回忆彭老总当年下乡时的情景，那位记者的容貌我本能地采用了邓小平年轻时的形象。而小平同志当时刚复出还未站稳，也曾蒙受同样的不白之冤。然而不久，正是他主政了那场具有深远历史意义的改革开放。可见"文革"虽已过去，一名普通的美术作者，仍只能以"曲笔"去响应编辑同志们急于拨乱反正的那份公心与动因。

在接受《彭青天》脚本的前五天，我刚从内部买了一本《跟我学》英语课本，开始牙牙学习英文，由于对现状的沮丧和不敢轻信，我开始动了日后出国之心。正是吴兆修编辑的嘱托，我中断了一星期的英语学习，附首于此套画稿的创作。直至十年后的1988年，我才得以跨出国门，并于2005年归国。回国八年后的今天，上海人民美术出版社有意重印这套不乏缅怀革命前辈之情的老画稿，准备编辑出书，虽然时已过境已迁，仍令我感动。因为那是新老两代编辑横跨30余年而不变的对正义的价值取向，以及让人肃然起敬的拳拳之心。

夏葆元 2012年5月

《彭青天》草图

"彭青天"就是我们的彭老总。在我们的湖南——彭老总的家乡，还有不少关于"彭青天"的民间传说哩。

三年暂时困难才开始那时节，彭老总还在北京做官。他呀，听说我们老百姓的日子不好过，整天坐立不安，很想下去调查调查。

后来，经毛主席同意，彭老总就下来了。他先坐飞机到了长沙，下了飞机也不休息，一口气又坐火车到湘潭去了，真是马不停蹄啊！

下火车后，地方上派汽车来接他，问他想到哪里去。彭老总说："我要去看困难户，这里谁家最困难呀？"接待的同志一时回答不出来。

不一会，天下起雨来。彭老总把笋壳叶草鞋往脚上一穿，精神抖擞地冒着哗哗的大雨下乡去了。

一到乡下，彭老总首先去看一位熟识的老阿公。他进门就喊："阿公，你老人家好！"

老阿公迎上前说："德怀，是你呀！我早猜到你要来，你是来私访民情吧？"彭老总笑道："是公访，不是私访。阿公，听说这里报了亩产一万斤？"

老阿公说："嗯，你相信？"就带彭老总去看"万斤田"。田里只剩下禾蔸。彭老总看了看说："一亩地坪摊一万斤谷有好厚哟，我不信有这样的事！"

彭老总越看越生气："哼，听说不光假报产量，还只报喜不报忧，不得了，不得了！"

这时，只听有人粗喉大嗓地喊道："彭老总，我是人民公社的炊事员，我要找你说说心里话呀！"

原来说话的是一位大嫂。她像爆豆似的讲开了："办公社我双手赞成。就是不管做多做少、做好做歹都一拉平，吃大锅饭，我想不通。可上头有命令，我不敢不煮。真难死我了！"

一个后生又插嘴说："彭老总，我不光作难，还憋了一肚子气！我们生产队养了塘鱼，上面来一张纸条就调走三千斤，三调两调就调光了。你说我们气不气？"

恰好这时有个单位给彭老总送一条大鲤鱼来。彭老总问："这是哪里来的？"送鱼的还没开口，旁边一个小孩说："是从我们队里调去的。"

彭老总忙问："调走队里的鱼，给不给钱？"后生回答："平调东西从来不给钱。"彭老总一听就火了："真是胡来！这不是吃老百姓吗？"

他马上对后生说："这条鱼物归原主，希望你们把它作为带头鱼，步步恢复、发展，来个鱼满池塘粮满仓。"

社员们齐声叫好，纷纷议论说："当官的要都像彭老总，我们就不愁没好日子过啦！"彭老总就这样走千家、访万户，弄清了当时下面存在的问题。

回北京后，他马上向党中央如实反映，说：讲假话不好，一平二调要不得，请中央赶快纠正。

后来党中央下命令，反对讲假话，不准一平二调，煞住了歪风。有一年，彭老总又回到了湘潭。故乡的群众都亲热地围拢来。老阿公说："德怀，你替百姓说公道话把官丢了，受委屈啦！"

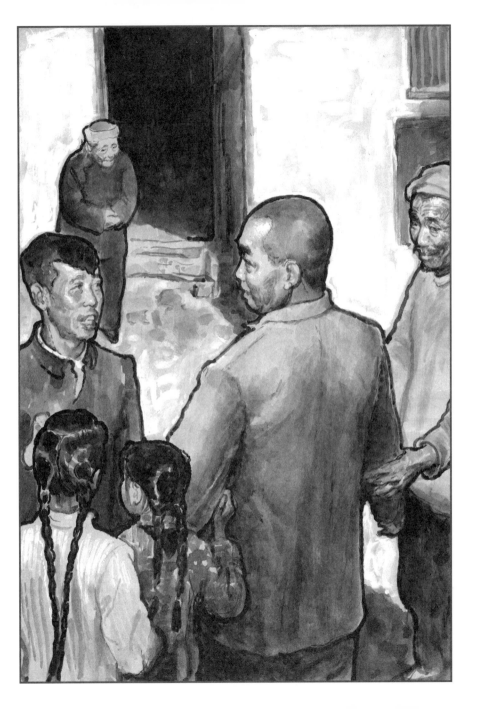

彭老总微笑说："共产党员应当向党反映实情嘛。该讲的，就是掉脑袋也要讲。阿公，这里不搞平调了？"老阿公直点头："好了，不搞平调了。"

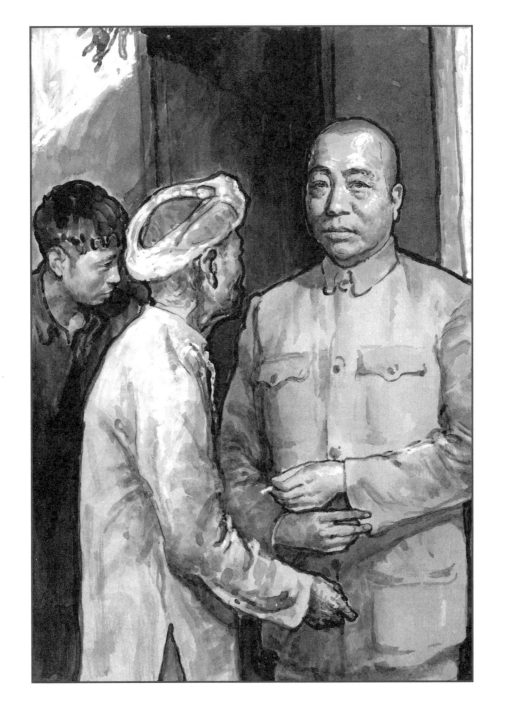

这时，那位大嫂跑来说："彭老总，你丢了官，我也丢了官。不过，我这个炊事官丢得好，现在搞按劳分配，好坏分明，不乱煮一锅粥，大家有奔头啦！"

说话间，大家把彭老总请进屋里。那个后生恭恭敬敬端上一碗鲜鱼说："彭老总，尝尝鲜吧，这碗鱼有个来历呢。"彭老总问："有啥来历？我倒想听听。"

后生说："你送的那条'带头鱼'，把我们的农、林、牧、副、渔都带动了，真是五业兴旺，鱼满池塘粮满仓了。这是我们全队社员的一点心意，你老人家快收下吧！"

夏葆元（2009年）

夏葆元先生，著名艺术家，1944年生于上海。他从小受喜爱书画的外祖父影响，迷恋上了美术并潜心自学；上小学期间，即为美术骨干，参与班级黑板报的美术设计和插画工作，显示出极强的绘画天赋。1959年考入上海美术专科学校，主攻装潢美术设计，后留校转到油画系继续深造，曾亲聆孟光、张充仁、俞云阶等前辈教授的指导，绘画基础和造型能力愈加扎实，成为该校优等生。

1965年毕业不久，即遇到"文革"，在此期间，他仍坚持绘画，在素描写生和油画创作方面大有收获。及至"文革"后，夏葆元的素描写生可谓风靡一时，影响了为数众多的美术爱好者，成为争相追摹和仿效的范本。同时，他的油画作品亦为人称道，他还为书籍、杂志创作过不少彩色组画和黑白插图，是一位沪上声名赫赫的西洋画大家。

夏葆元先生曾在上海工艺美术研究所担任艺术指导，上世纪80年代还先后在上海交通大学美术研究室和油画雕塑院任负责人，1988年移居美利坚，2005年归国，现为复旦大学视觉艺术学院特聘教授。

虽然长期从事西洋画专业，但夏葆元先生曾一度将自己的专业特长运用进了连环画创作，而且以其独特的绘画追求，在连环画领域创造出了一番有别于传统模式的"夏式"风貌。他的连环画"处子作"是个短篇，名叫《风波》，发表于1976年《连环画报》上，以后陆续为该画报及浙江《富春江画刊》绘制了长短不一的连环画作品达十余套。

夏葆元的连环画多以西洋素描水墨的技法绘就，其风格与我们素常所见的线描勾勒或黑白描绘迥然相异，他的水墨画法所追求的是历史氛围的凝重感和现场感——类似遗存至今的一帧帧老照片，既保留着回溯历史往昔的模糊情景，又透着现代人在重新审视那业已逝去多年的人物和故事所具有的清晰记忆；在他的笔下，无论是孙中山、鲁迅、徐悲鸿抑或方志敏、彭德怀，形象都未见那种空洞的高大、伟岸，亦无那种端着架子的、被标签化了的举止和气度，不，他所关注的是作为一个个普通人的喜怒哀乐，一个个特定时代情境中面对多重苦难、事变的人所拥有的常态反应，一个个被拂去历史尘埃而能够被我们所感知的长者、前辈以及先驱。

《彭青天》草图

因之，这些被鲜活地定格在画稿上的历史形象，表情大都内敛、冷峻、不事张扬，有的还愁眉不展、满面忧虑，但通过故事内容和夏葆元先生的绘画解读，仍可让人透过他们外在的形貌、举止触摸其内在的宽广与丰富，看似平静、沉稳，实则躁动、不安，有时夹杂着无奈和心有不甘，这种复杂的心绪发生在恍若隔世的"昨天"，却也触及到当代人心理的普遍征候，故而具有不仅感人而且足以撼人的艺术魅力。

本书《彭青天》，是夏葆元先生于1979年为北京《连环画报》绘制的一套水墨素描短篇连环画（刊登于当年第7期里，其中三幅彩色水粉画稿，被用于封面）。画稿原作由画家本人提供给了本社，使我们的连环画再版系列中又添一部力作。在此，我们对夏葆元先生的慨然相奉深表谢意。

图书在版编目（CIP）数据

彭青天 / 夏葆元绘；艾菲编文． —上海：上海人民美术出版社，
2013.7
ISBN 978-7-5322-8515-0

Ⅰ.①彭… Ⅱ.①夏… ②艾… Ⅲ.①连环画—作品—中国—现代
Ⅳ.①J228.4

中国版本图书馆CIP数据核字（2013）第129623号

彭 青 天

根据民间传说改编

艾 菲   编 文

夏 葆 元   绘 画

谢 颖   责任编辑

杜 廷 华   技术编辑

上海 人民美术出版社 出版发行

上海长乐路672弄33号 电话：54044520

上海中华商务联合印刷公司印刷

开本787×1092 1/20 印张2.6

2013年7月第1版 2013年7月第1次印刷

印数：0001-3000

ISBN 978-7-5322-8515-0

定价：32.00元